David Fermer

DAS Z TEAM

Wir holen den Titel

Thienemann Verlag

Inhaltsverzeichnis

Spiel um die WM

Wir bilden einen Kreis und legen uns gegenseitig die Arme auf die Schul-

tern. Dann beugen wir uns nach vorne und rufen unseren Mannschaftsspruch, so laut, wie wir nur können:

»Wir sind das Z-Team, wir sind gut.
Wir haben Fußball in unserem Blut!«

»Heute gewinnen wir!«, ruft unsere Kapitänin Mia entschlossen.

»Heute *müssen* wir gewinnen!«, ergänzt Talin.

»Das schaffen wir!«, fügt Benny entspannt hinzu.

»Natürlich schaffen wir's!«, findet auch Rebekka. »Was denn sonst?«

Ich hoffe, dass Sie recht haben.

Dann werfen wir die Hände in die Luft und klatschen einmal ab. »Auf das Z-Team!«

Gleich beginnt das wichtigste Spiel meines Lebens. Wir dürfen es auf keinen Fall verlieren. Heute sind wir nicht nur im Endspiel eines Fußballturniers, nein, heute geht es um etwas ganz Besonderes. Wer heute das Turnier gewinnt, fährt mit zur WM!

Bei der letzten Weltmeisterschaft war ich erst fünf Jahre alt. Da habe ich noch nicht so viel mitgekriegt. Jetzt bin ich neun und freue mich schon riesig darauf. Die Vorstellung, dieses Jahr dabei zu sein, raubt mir fast den Atem.

»Los, Joshua! Wir spielen sie heute schwindelig!«, ruft Mia auf dem Weg zurück in unsere Hälfte.

Ich nicke ihr zu. Das hoffe ich auch. Ich werde alles geben. Mehr als alles. Nur leider habe ich die gegnerische Mannschaft schon in der ersten Runde spielen gesehen: Sie sind verdammt gut.

Plötzlich höre ich eine Stimme in meinem Kopf. O nein! Fängt das schon wieder an? Ich war doch erst vor ein paar Wochen bei der Ärztin zur Kontrolle. Sie konnte nichts feststellen und meinte, dass der Chip in meinem Ohr eigentlich störungsfrei funktionieren müsste.

Das scheint wohl nicht wirklich der Fall zu sein.

Ich höre die Gedanken von jemandem, der nicht allzu weit von mir entfernt sein kann*: Das Z-Team hat keine Chance*, denkt er. *Sie kriegen heute eine Klatsche. Und dann fahren WIR zur WM und nicht sie!*

Ich schaue mich um und sehe den gegnerischen Trainer an der Seitenlinie. Ein großer dicklicher Mann mit einem glänzenden Glatzkopf.

Er sieht mich an und denkt: *Gib auf, du kleiner Karottenkopf! Meine Jungs kommen sowieso an dir vorbei.*

Was bildet sich der Typ eigentlich ein? Und wen nennt er hier »Karottenkopf«? Der hat sie wohl nicht mehr alle!

Ich laufe auf den Trainer zu. »Da

irren Sie sich!«, schimpfe ich los. »Heute kommt *niemand* an mir vorbei! Nicht einmal der Wind!«

Der Trainer reißt die Augen erschrocken auf und starrt mich an. »Ich ... ich habe doch nur ...«

Ich rede unbeirrt weiter: »Ihre Mannschaft ist gut, aber nicht *so* gut, dass wir keine Chance hätten. Das Z-Team hat *immer* eine Chance!«

Der Mann stammelt vor sich hin, aber er schafft es nicht, auch nur ein einziges Wort hervorzubringen.

Kaum bin ich auf meine Position in der Abwehr zurückgelaufen, pfeift der Schiri das Spiel an. Die Gegner attackieren sofort. Wir fallen zurück und verteidigen. Talin bleibt als Einziger an der Spitze vorne.

Es ist wie verhext. Sobald wir den Ball erobern, spielen wir zu Talin, aber bevor wir nach vorne rücken können, sind die Gegner schon wieder im Ballbesitz und greifen erneut an. Wir stehen ständig unter Druck und haben kaum Zeit, um Luft zu holen. Wenn das Spiel vierzig Minuten so weitergeht, falle ich tot um.

»Schön kompakt stehen!«, ruft unser Trainer Reza von der Seitenlinie. »Die Viererkette halten. Jeder deckt einen Gegenspieler. Ihr macht das gut, Kinder!«

Dann höre ich Rezas Gedanken: *Ihr müsst Geduld haben. Der Gegner hält es nicht lange durch, immer wieder gegen die Mauer zu laufen. Irgendwann werden sie aufgeben. Und wenn der richtige Moment kommt, greifen wir an!*

»Das gibt's doch nicht!«, beklagt sich Mia, als wir nach vorne laufen, weil Florian gleich einen Abstoß macht. »Wir schaffen es kaum in die andere Hälfte.«

»Lass sie erst mal kommen«, gebe ich Rezas Gedanken weiter. »Irgendwann können sie nicht mehr. Dann greifen wir an. Das schaffen wir schon!«

Mia schaut mich überrascht an. Normalerweise halte ich keine Vorträge. Doch schließlich nickt sie und läuft zu Noah rüber. Sie gibt ihm unsere Taktik weiter. Dann geht sie zu Talin und Demba, Marvin, Yuri und auch zu Florian, unserem Torwart.

Unsere Chance kommt kurz vor der Halbzeitpause. Nach einer erneuten Angriffswelle unserer Gegner bekommen wir einen Freistoß vor der Mittellinie. Wegen eines Frustfouls. Die Gegner ziehen sich zurück. Dabei lassen sie schon die Köpfe hängen. Sie sind völlig platt.

Mia gibt uns ein geheimes Zeichen. Wir führen eine Standardsituation aus, die wir oft mit Reza beim Training geübt haben. Zwei Pässe und dann ein Schuss aufs Tor, ein sauberes indirektes Spiel. Benny steht bereits rechts an der Außenlinie, Talin lauert vor dem Siebenmeterraum. Die anderen schwirren wie Bienen herum und stiften Verwirrung unter den Gegnern.

Ich mache den Freistoß. Ein langer Pass zu Benny. Benny nimmt den Ball mit der Brust an, kriegt ihn mit dem Fuß schnell unter Kontrolle, schaut kurz zu Talin und flankt. Talin sprintet in den Siebenmeterraum. Bennys Flanke kommt genau in seinen Lauf. Talin springt. Er ist nicht mehr zu halten. Er köpft den Ball ins Netz. 1:0! Die Führung!

Unsere Gegner sind fassungslos.

Dann pfeift der Schiri die Pause an. Wenn wir in der zweiten Halbzeit genauso gut verteidigen können wie jetzt, ist das Spiel so gut wie entschieden.

In der Klemme

Wir haben es geschafft! Unglaublich! Wir haben das Turnier gewonnen! Wir fahren zur WM! Ein Traum wird wahr! Die Fußballweltmeisterschaft wartet auf uns!

Vier Wochen, 32 Mannschaften, Millionen Zuschauer weltweit, ein einmaliges Sporterlebnis, das größte Fußballturnier der Welt. Dieses Jahr findet die Fußballweltmeisterschaft in Damarakus statt. Ich kann es kaum erwarten.

Direkt nach unserem Finale hat Reza einen Freund in Damarakus angerufen. Er leitet dort ein Internat. Reza hat gefragt, ob das ganze Z-

Team bei ihm übernachten könnte, und sein Bekannter hat zugestimmt. Wir müssen nur noch dort hinkommen.

Und genau das ist das Problem: Die Reisekosten nach Damarakus sind nicht gerade niedrig. Außerdem ist mein Vater zurzeit arbeitslos. Deswegen bin ich sehr nervös, als ich abends, nach dem Turnier, das Thema anspreche. Ich habe Angst, dass meine Eltern Nein sagen.

»Mama? Papa?«, fange ich vorsichtig an. »Ähm … Ich wollte euch etwas fragen.«

Mama schaut von ihrem Essen auf und mustert mich gespannt. Papa und mein älterer Bruder Niklas essen seelenruhig weiter.

»Was ist, Joshi?«, fragt sie.

»Es geht um die Fußball-WM«, sage ich. »Heute beim Turnier haben wir als Siegesprämie Karten gewonnen. Für ein WM-Spiel in Damarakus …«

Der Löffel in der Hand meines Bruders bleibt knapp vor seinem offenen Mund stehen. Die Vitasuppe tropft nach unten und platscht in seine Schüssel.

»Mars-o-meter!«, staunt er. »Du hast echt eine Eintrittskarte für die WM?«

Mein Vater sieht ebenfalls ziemlich verblüfft aus. »Ist das jetzt dein Ernst?«, fragt er und hört ebenfalls auf zu essen.

»Ja! Das ganze Z-Team fährt hin. Reza kennt jemanden, bei dem wir übernachten dürfen. Wir können vier Tage bleiben. Damit wir auch etwas von Damarakus sehen, hat Reza gesagt.«

Mein Vater nickt langsam und bedächtig. Er tauscht einen Blick mit Mama aus. Ich weiß ganz genau, woran er denkt. Dafür muss ich keine Gedanken lesen.

»Was kostet die Reise denn?«, fragt er.

»Es ist total billig«, hole ich aus. »Eigentlich kostet es fast gar nichts. Die Übernachtung ist umsonst. Das Essen ist dort viel billiger und die Karten sind gratis. Der ganze Ausflug ist eigentlich ziemlich günstig.«

»Du hast meine Frage nicht beantwortet, Joshua«, sagt mein Vater ernst. »Wie viel kostet die Fahrt?«

Ich senke den Kopf. »Ja, also«, gebe ich zu, »die Teleportation kostet fünfhundert Solari pro Person.«

»Fünfhundert Solari?«, wiederholt mein Vater grübelnd. Dann verfinstert sich sein Gesicht.

Ein ganz schreckliches Gefühl steigt in mir hoch. Ich atme tief ein und versuche, es loszuwerden.

»Bitte, Papa!«, flehe ich ihn hoffnungsvoll an. »Alle fahren mit. Morgen müssen wir Reza Bescheid geben. Er veranstaltet auch noch einen Elternabend. Bitte! Ich muss unbedingt mit!«

Papa legt seinen Löffel ab und seufzt traurig. »Joshi, du weißt doch, dass wir momentan nicht gerade Geld übrig haben ...«

»Bitte!«, murmle ich noch einmal.

Papa senkt den Kopf. Er sieht vollkommen fertig aus.

Jetzt meldet sich auch meine Mutter zu Wort. »Bis dein Vater eine andere Arbeit gefunden hat, müssen wir uns einfach ein bisschen einschränken«, sagt sie mit ganz sanfter Stimme.

»Außerdem müssen wir jetzt an jemand anderen denken ...«

Mama streichelt sich über ihren runden Bauch. In ein paar Wochen bekomme ich eine kleine Schwester. Ich freue mich auch schon darauf. Aber im Moment ist die Weltmeisterschaft einfach wichtiger als alles andere.

»Aber ich muss zur WM ...«, sage ich kleinlaut.

Mein Vater blickt starr auf seinen Teller. *Es tut mir so leid,* denkt er. *Ich kann kaum meine eigene Familie ernähren, geschweige denn meinem Sohn seinen größten Wunsch erfüllen. Ich habe versagt ...*

Ich schaue meinen Vater erschrocken an. So was darf er nicht denken!

Ich mache schnell einen Rückzieher: »Es ist schon in Ordnung, Papa. Dann sehen wir uns eben hier die WM gemeinsam an. Das macht ja auch Spaß.«

Mein Vater hebt den Kopf und sieht mich misstrauisch an. »Warum sagst du das?«, fragt er und kneift die Augen zusammen. »Hast du etwa gerade meine Gedanken gehört?«

»Nein«, beteure ich viel zu schnell.

»Hast du wohl!« Mein Vater muss lachen. »Das gibt's doch nicht! Ein Sohn, der immer weiß, was seine Eltern denken. Das ist ja fürchterlich!«

»Na ja«, grinst meine Mutter. »Nach fünfzehn Jahren Ehe weiß ich auch immer ganz genau, was du denkst. Und das ganz ohne einen Chip im Ohr.«

Plötzlich steht mein Vater auf und wirft energisch seine Serviette auf den Tisch. »Joshua, du wirst zur WM fahren!«, sagt er entschlossen. »Eine solche Gelegenheit darfst du nicht verpassen. Und jetzt weiß ich auch, wo wir das Geld herbekommen können!«

Die rote Mauer

»Worauf wartest du, Joshi?«, ruft mein Vater. Er steht schon abfahrbereit auf der Solarstraße.

»Ich komme!«, antworte ich außer Puste. Heilige Venus! Was ist bloß in Papa gefahren?

Ohne zu warten, springt mein Vater auf sein Z-Board und saust davon. Er braust über die Solarstraße wie ein Blitz.

Ich habe keine Ahnung, wohin er will, aber es gibt nur eine Möglichkeit, es herauszufinden: Ich muss ihm hinterher.

Wir fahren ziemlich weit. An unserem Fußballhügel vorbei, raus aus

Zenitropa und runter ins Tal. Wir kommen durch viele kleine Orte und erreichen bald das Flachland. Dort machen wir vor einem großen See halt.

»Die Insel Mandelin!«, sagt mein Vater stolz wie Saturn und zeigt aufs Wasser.

Mitten im See steht ein Haus in Form eines riesengroßen Fußballs.

»Komm mit!«, ruft mir mein Vater zu. Wir springen auf zwei schwimmende Fußbälle und überqueren den See zum Haus.

Mein Vater läutet an der Tür. »*Tor! Tor! TOOOOR!*«, ertönt ein ungewöhnliches Klingelzeichen. So etwas habe ich noch nie gehört. Ob wir vielleicht auch bei uns zu Hause so eine Türklingel einbauen können?

»Wer wohnt hier überhaupt?«, will ich von meinem Vater wissen.

»Ein unglaublicher Mann namens Albertus Hackentrick!«, antwortet Papa, aber bevor ich weiterfragen kann, geht die Tür auf und ein kleiner runder Mann mit einem langen Schnurrbart steht vor uns.

Er hält seinen Spazierstock hoch und spricht in ihn hinein, als wäre er ein Mikrofon.

»Willkommen zum Eröffnungsspiel der Fußball-Weltmeisterschaft, meine Damen und Her...« Der seltsame Mann hält plötzlich inne. »... Ich meine, meine *Herren* und Herren«, korrigiert er sich. »Heute sind wir besonders gespannt auf die Mannschaftsaufstellung seit der jüngsten Niederlage.«

Der alte Mann spricht wie ein echter Fußballkommentator. Jetzt drückt er sogar meinem Vater den Spazierstock unter die Nase.

»Herr Nationaltrainer, wie werden Sie die Mannschaft für das heutige Spiel aufstellen?«, fragt Albertus Hackentrick.

Ich fasse es nicht! Mein Vater macht sogar mit.

»Ja, also …« Papa druckst herum wie ein Trainer, der gerade eine ganz schwierige Frage beantworten muss. »Ich habe mich entschieden, die Mannschaft von hinten aufzubauen. Deswegen ist Joshua Bexx heute unser Kapitän. Er hat einfach das Zeug dazu.«

Albertus schaut mich an und nickt beeindruckt. »Also, meine Damen und Herren, Sie haben es gehört: Der neue Nationalkapitän ist der Abwehrspieler Joshua Bexx, auch als ›die rote Mauer‹ bekannt.«

Kein schlechter Spitzname, finde ich. An mir als Mauer sollte tatsächlich keiner vorbeikommen können. Und rot vermutlich, weil ich rote Haare habe.

Jetzt drückt Albertus auch mir seinen Spazierstock vor den Mund. »Joshua, was erhoffst du dir von dieser WM?«

»Ähm ... Ich will nach Damarakus«, sage ich, weil es ja auch die Wahrheit ist.

»Ja, ja. Nach Damarakus ...«, wiederholt Albertus wehmütig und schlägt einen anderen Ton an. »Ich würde auch gerne dabei sein. Weißt du, ich bin schon bei zwanzig WMs gewesen. Aber dieses Mal schaffe ich es nicht mehr. Ich bin jetzt wirklich zu alt dafür. Außerdem muss ich mich um meine Mutter kümmern. Sie ist schon 120!«

»Ich habe mitbekommen, dass Sie nicht hinfahren können«, sagt Papa und sucht etwas in seiner Jackentasche. »Das ist auch der Grund für meinen Besuch. Schauen Sie mal, mit dieser Telebrille könnten Sie trotzdem *live* dabei sein ...«

Mein Vater kramt eine merkwürdige Brille hervor. Sie ist groß und hat zwei schwarze Objektive vor den Linsen, die aussehen wie zwei kleine Teleskope. Oft hat mein Vater die komischsten Dinge bei sich – er ist nämlich Erfinder und hat eine eigene Werkstatt zu Hause.

»Mein neuestes Werk!«, verkündet er und setzt die lustige Brille auf. Dann holt er eine zweite hervor und drückt sie Albertus in die Hand. »Hier, bitte!«

Albertus betrachtet die Brille skeptisch. Sie ist viel kleiner und hat keine Teleskop-Aufsätze. Er setzt sie ebenfalls auf.

»Ich schalte sie jetzt ein«, sagt mein Vater und drückt einen Knopf am Gestell. »Sehen Sie etwas?«

»Ach du großer Neptun!«, staunt Albertus. »Das bin ja ich!«

»Und, was sehen Sie jetzt?«, fragt mein Vater. Er dreht den Kopf und richtet die Brille auf mich.

»Jetzt sehe ich Ihren Sohn, die rote Mauer!«

»Ganz genau!«, bestätigt Papa erfreut. Er setzt die Brille wieder ab. »Wie gesagt: Mit dieser Telebrille sind sie so gut wie live dabei!«

Albertus reißt vor Begeisterung die Augen auf. »Das ist ja großartig! Aber wer trägt die Telebrille dann vor Ort für mich?«, fragt er und runzelt die Stirn.

Mein Vater lächelt und zeigt stolz auf mich. »Die rote Mauer hier fährt mit dem ganzen Z-Team zur WM. Er könnte die Telebrille tragen, damit Sie weiter Ihre großartigen Fußballkommentare liefern können. Allerdings bräuchte ich einen Vorschuss für die Teleportkosten ... Nur geliehen ... Sie kriegen jeden Solari wieder, das verspreche ich Ihnen!«

Albertus grinst bis über beide Ohren. »Leihen? Papperlapapp! Hauptsache, ich bin dabei! Also, wann soll es losgehen?«

Willkommen in Damarakus

Am Tag der Abreise bringen mich meine Eltern zum Teleport in Talis. Mein Bruder Niklas kommt auch mit. Ich bin super aufgeregt. Ich war noch nie im Ausland. Eigentlich war ich noch nie ohne meine Eltern von zu Hause weg. Allerdings sind sie noch aufgeregter als ich.

»Hast du auch wirklich alles?«, fragt mein Vater. »Die Telebrille hast du eingepackt?«

»Und genügend Socken und Unterhosen?«, vergewissert sich meine Mutter.

»Und Fußballschuhe?«, fügt Niklas hinzu.

»Ersatzstollen?«

»Ja, ja, ja! Ich habe alles dabei.« Schließlich habe ich meine Reisetasche mindestens drei Mal umgepackt. Wenn ich irgendetwas vergessen haben sollte, wäre das fast schon ein Wunder.

»Du rufst uns an, wenn ihr angekommen seid, ja?«

»Ja, Papa!«

»Verabschiedest du dich noch von deiner kleinen Schwester?«, fragt meine Mutter.

Ich lege meine Hand auf Mamas Bauch. »Nicht vergessen«, flüstere ich meiner kleinen Schwester zu. »Immer weitertreten, so fest du kannst, damit du schön im Training bleibst! Das Z-Team wartet auf dich.«

Meine Mama muss lachen. Papa und Niklas auch. Danach ist der Abschied nicht mehr ganz so schlimm.

Kurz darauf gehen wir durch die Kontrolle und steuern auf den Teleport mit der Aufschrift »Reiseziel: Damarakus« zu.

»Das Gepäck bitte in den Transportbehälter legen«, sagt eine Stewardess, die eine schicke Uniform trägt und vor unserem Portal steht. Wir stellen unsere Taschen in eine große Metallkiste. »Bitte nehmen Sie in den Röhren Platz.«

Sie öffnet eine der Röhren, um uns zu zeigen, wie man hineingeht. Dann betreten wir alle jeweils eine Röhre und schließen sie hinter uns ab.

»Die Teleportation startet in zehn Sekunden«, verkündet die Stewardess. »Wir schlagen vor, dass Sie Ihre Augen schließen. Manche Passagiere stört das grelle Licht.«

Ich mache meine Augen nicht zu,

weil ich die Teleportation sehen will. Die Teleport-Begleiterin beginnt mit dem Countdown: »10, 9, 8, 7 ...«

Mein Herz schlägt mir bis zum Hals.

»6, 5, 4, 3 ...«

Ich schaue auf den roten Notschalter vor mir. Die Stewardess hat uns extra noch gesagt, dass man ihn drücken darf, wenn man zu große Angst hat.

Aber ich drücke ihn nicht.

»2, 1, 0!«, ruft die Teleport-Begleiterin. »Gute Reise!«

Dann sehe ich, wie meine Füße verschwinden. Danach meine Unterschenkel und meine Knie. Als sich meine Hüften in Luft auflösen, wird es auf einmal ganz hell und ich muss die Augen doch schließen.

Zwei Sekunden später werden wir Stück für Stück wieder zusammengefügt. Zuerst habe ich das Gefühl, dass wir immer noch in Talis sind. Der Teleport sieht genauso aus. Auch die Stewardess, die uns empfängt, trägt die gleiche Uniform. Wir steigen aus den Röhren und machen uns auf den Weg zum Ausgang. Erst als wir das Gebäude verlassen, wird mir klar, dass wir wirklich ganz woanders sind. Damarakus liegt mitten in der Wüste!

Vom Teleport aus fahren wir mit dem Rollerball in die Stadt. Über

dieses Verkehrsmittel habe ich schon in Zenitropa gelesen. Der Rollerball ist ein Verkehrssystem, das speziell für die WM entwickelt wurde. Er besteht aus zwei riesigen Fußbällen, die ineinanderstecken. Der äußere Ball rollt auf der Hochbahn und sorgt für die Vorwärtsbewegung. Der innere Ball ist die Fahrgastkabine und dreht sich nicht.

Wir stehen mittendrin und staunen nicht schlecht. Eine völlig verrückte Idee!

Wir erreichen die Stadtmauer, die die Altstadt von Damarakus umgibt. Reza sagt, die Mauer ist über zweitausend Jahre alt. Dort steigen wir aus und gehen zu Fuß weiter.

Wir überqueren den Marktplatz, auf dem Hunderte von Geschäften ihre Produkte aus der Region anbieten. Auf der linken Seite des Marktplatzes steht ein uralter Tempel mit einer goldenen Kuppel. Der ganze Tempel ist von einer gigantischen Glashaube umgeben – um die Gebäude noch lange zu erhalten, meinte Reza. Daneben ragen riesige Wolkenkratzer in den Himmel. Alt und neu, Seite an Seite. Ganz anders als in Zenitropa.

Als wir den Marktplatz überquert haben, biegt unsere kleine Reisegruppe in eine Gasse ein. Am Ende des Wegs erreichen wir unser Ziel: das Internat – eine Pyramide aus buntem Glas.

Reza klingelt und kündigt sich über die Sprechanlage an. Kurz darauf geht die Eingangstür auf. Ein langer roter Teppich breitet sich vor uns aus. Wir steigen darauf und schweben in das Gebäude hinein.

Im Innern wartet ein Mann auf

uns. Er trägt ein wallendes Gewand und eine komische Mütze, die wie eine Scheibe aussieht. Als er Reza erblickt, strahlt er über das ganze Gesicht.

»Mein Freund!« Er kommt auf unseren Trainer zu und nimmt ihn in die Arme. »Es ist so lange her.«

»Isaac! Schön, dich zu sehen.«

Sie küssen sich auf die Wangen und drücken einander ganz fest. Dann stellt Reza uns vor.

»Ich heiße euch alle herzlich willkommen in Damarakus«, sagt Isaac und gibt jedem von uns die Hand. »Fühlt euch bitte wie zu Hause.«

Isaac macht eine kleine Führung durch das Internat. Er zeigt uns die Klassenzimmer und den Speisesaal, den Erste-Hilfe-Raum und den Spielhof, der sich im Zentrum der Pyramide befindet. Danach bringt er uns auf unsere Zimmer. Es gibt vier Schlafsäle im Internat: zwei für Jungs und zwei für Mädchen.

In unserem Schlafsaal warten dreißig Jungs auf uns. Sie sind alle zwischen sechs und zwölf Jahre alt. Neugierig begrüßen sie uns und erklären, wo wir unsere tragbaren Betten ausrollen können.

Benny und ich verstauen gerade unsere Klamotten in den Schränken, als es plötzlich auf der anderen Seite des Raumes unruhig wird.

Benny und ich drehen uns um. Zwei Jungs haben das Fenster geöffnet und sind gerade dabei hinauszuklettern. Ein paar andere Jungs stehen um sie herum und reden im Flüsterton auf sie ein. Sie wollen sie offenbar davon abhalten.

»Was ist denn da los?«, fragt Benny.

»Keine Ahnung«, sage ich, denn

ich kann nicht verstehen, worüber sie sprechen.

Einer der Jungen schaut sich ängstlich um. »Jetzt haben sie euch gesehen!«, zischt er aufgebracht.

Der Junge, der bereits mit einem Bein aus dem Fenster gestiegen ist, klettert wieder zurück ins Zimmer und kommt auf uns zu. Er ist ein bisschen älter als Benny und ich. Er hat grüne Augen und dicke schwarze Wimpern – wie ein Mädchen.

»Was guckt ihr denn so blöd?«, fragt er und baut sich vor Benny und mir auf. Sein kleiner Kumpel bleibt hinter ihm stehen. Er schaut uns kampflustig an.

Benny räumt seinen Schrank weiter ein. »Tun wir doch gar nicht«, murmelt er. Auch ich drehe mich von den Jungs weg. Ich will keinen Streit.

»Ihr habt uns gesehen«, stellt der Junge mit den grünen Augen fest. »Wollt ihr denn nicht wissen, wo wir hingehen?«

Ich schüttle den Kopf. »Nö. Es geht uns ja auch gar nichts an.«

Der Junge mustert Benny einen Augenblick. Dann sagt er: »Spielst du gerne Turbokick?«

Benny hält schlagartig inne. Er spielt nicht nur gern Turbokick, er *liebt* Turbokick!

»Ja klar«, platzt es aus ihm heraus.

»Dann kommt mit«, sagt der Junge. »Ich zeig euch etwas.«

Er dreht sich um und läuft wieder zum Fenster zurück. Als er hinausklettert, winkt er Benny und mich zu sich.

»Kommt schon!«

Benny zögert. »Was meinst du, Joshi?«, fragt er. »Sollen wir mit?«

Ich zucke mit den Schultern und grinse. »Na ja«, antworte ich. »Ein bisschen Turbokick kann ja nicht schaden …«

Der Turbokeller

»Ich bin übrigens Angelo«, sagt der Junge mit den grünen Augen, als wir nebeneinander die Gasse vor dem Internat entlanggehen. »Ich wohne hier seit zwei Jahren.«

Benny und ich stellen uns ebenfalls vor. Angelos kleiner Kumpel heißt Jiri. Er spricht die ganze Zeit kein Wort.

»Ich habe es euch angesehen«, sagt Angelo. »Dass ihr Turbokicker seid, meine ich.«

Benny grinst. »Na ja. Recht hattest du.«

Wir folgen Angelo und überqueren den Marktplatz. Er führt uns hinter dem alten Tempel vorbei und zwischen den Wolkenkratzern hindurch. Dann steigen wir eine Treppe hinab und betreten eine Art Kellerraum. Benny reißt vor Begeisterung die Augen auf. Vor uns stehen mindestens zwanzig Turbotische. Jeder Tisch ist von Kindern besetzt. Manche spielen allein gegen einen Gegner, andere zu zweit. Wir sind hier im Turbokick-Paradies gelandet!

»Wow! Meteorisch!«, staunt Benny. »Spielt ihr immer hier?«

»Müssen wir – und zwar heimlich«, erklärt Angelo. »Isaac hat es uns verboten. Er sagt, Kinder müssen *richtige* Sportarten ausüben. Das machen wir ja auch. Aber manche von uns wollen eben zusätzlich noch Turbokick spielen.«

Angelo geht durch den Raum. »Ich stelle euch den Chef vor. Er heißt Hardy«, sagt er, und wir folgen unserem neuen Stadtführer.

In einem Nebenzimmer treffen wir auf einen großen kräftigen Mann mit glatten schwarzen Haaren und einer langen Narbe im Gesicht. Er repariert gerade einen alten Turbotisch.

»Hallo, Hardy! Ich habe zwei Freunde mitgebracht«, sagt Angelo. »Sie würden auch gerne hier spielen.«

Hardy mustert uns einen Augenblick lang, dann nickt er. »Wollt ihr auch an der Turbokick-WM teilnehmen?«, fragt er und wischt seine Hände an einem Lappen ab, bevor er uns die Hand gibt. Dabei quetscht er meine Finger so fest zusammen, dass es richtig wehtut.

»Heute ist der letzte Qualifikationstag«, erklärt er. »Nur 32 Teams können in die Endrunde kommen. Wie bei der echten WM. Die Teilnahmegebühr dafür beträgt zehn Solari. Und das Team, das die WM gewinnt, bekommt ein Preisgeld von fünfhundert Solari. So sind die Regeln. Also, wollt ihr jetzt spielen oder nicht?«

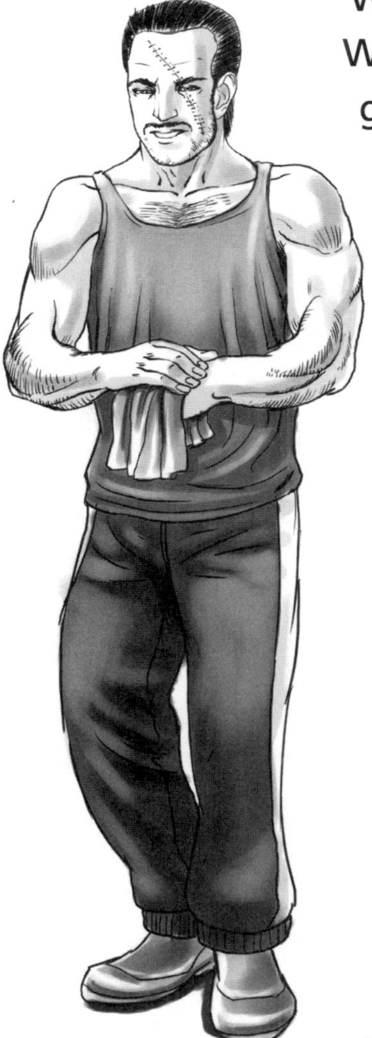

Fünfhundert Solari?, denke ich. Mein Vater wäre stolz auf mich, wenn ich das Geld von Albertus Hackentrick auf einen Schlag zurückbezahlen könnte.

Papa hatte darauf bestanden, Albertus jeden Solari zurückzugeben, auch wenn Albertus mir die Reise schenken wollte. Ehrensache, meinte er.

»Klar wollen wir spielen!«, sage ich sofort.

Der Mann mit der Narbe grinst. Er sieht irgendwie ganz gruselig aus. »Gut. Dann geht ihr an Tisch 1. Ihr spielt gleich gegen die Gewinner der letzten Runde.«

Wir geben Hardy die zehn Solari und gehen in den Hauptraum zurück. Wir schauen uns das Spiel auf Tisch 1 eine Weile an. Ein Mädchen und ein Junge spielen gegen zwei ältere Jungs. Das Mädchen spielt richtig gut. Dank ihr gewinnen sie das Spiel. Jetzt sind wir dran.

»Gebt alles, Jungs!«, sagt Angelo.

Benny und ich gehen an den Tisch

und geben unseren Gegnern die Hände. Danach wärmt Benny sich auf. Er streckt die Arme in die Luft und lässt sie wie Windmühlenflügel kreisen. Er dehnt sich nach links und nach rechts. Dann befestigt er die Sensoren an seinen Fingerspitzen.

Ich bin schon bereit. Wie immer spiele ich hinten. Mit den Sensoren auf meinen Handflächen kontrolliere ich die beiden Abwehrspieler. Meine Füße sind fürs Schießen aktiviert. Den Torwart steure ich mit dem Kopf, denn ich trete immer ohne Kopfballmöglichkeit an. Das ist nicht so mein Ding.

Dann beginnt das Spiel. Das Mädchen schießt die ersten beiden Tore, aber Benny und ich werden langsam warm. Benny ist ein sehr guter Spieler. Ohne ihn hätten wir jetzt keine Chance. Er schießt auch unser erstes

Tor. Dann gebe ich ihm eine perfekte Vorlage aus der hinteren Reihe. Bald steht es 3:2 für uns.

Wir machen eine kurze Trinkpause. Turbokick kann richtig anstrengend sein.

»Wir müssen das Mädchen aus dem Spiel nehmen«, flüstert mir Benny zu. »Sie ist zu gut.«

Ich nicke. Leider spielt sie vorne. Das heißt, wir müssen erst mal an ihr vorbeikommen – und das ist keine leichte Aufgabe.

Das Spiel geht weiter. Der Tisch ist wirklich super, die Sensoren funktionieren einwandfrei. Das Mädchen legt wieder eine starke Leistung hin, aber Benny holt bald auf. Er hat eine ganz ungewöhnliche Turbotechnik: Er nutzt die Daumen für die Mittelstürmer und die kleinen Finger für die Außenstürmer. Statt beidfüßig zu spielen, verlässt er sich nur auf seinen rechten Fuß.

Es fällt ein Tor nach dem anderen. 4:5, 7:6, 9:8, aber beide Mannschaften bleiben ganz dicht aneinander. Beim 10:9 stehen unsere Gegner kurz vor der Entscheidung. Zum Glück retten wir den Matchball und holen damit noch einen Punkt raus. Jetzt steht es 10:10. Das nächste Tor entscheidet!

Die letzte Runde dauert richtig lang. Der Ball fliegt hin und her. Keiner kommt so richtig durch. Es wird immer anstrengender. Der Erste, der einen Fehler macht, ist raus.

Doch schließlich schießt das Mädchen so hart, dass der Ball wie ein Komet durch Bennys Stürmerlinie fliegt. Er saust auch an meinen Verteidigern vorbei. Aber zum Glück halte ich ihn mit dem Torwart. Dann

10:09

trete ich mit dem Fuß zu, so fest ich nur kann, und schieße den Ball zurück in die gegnerische Hälfte …

… an Bennys Stürmer vorbei …

… an dem Mädchen vorbei …

… an ihrem kleinen Bruder vorbei …

… und peng!, er knallt ins Tor!

Die Entscheidung! Wir haben das Spiel gewonnen!

»Super gemacht, Partner!«, ruft Benny begeistert und wir klatschen ab. »Wenn du so weiterspielst, kommen wir bestimmt bis ins Finale!«

Zwei Spiele auf einen Blick

Als wir ins Internat zurückkommen, ist die Pyramide menschenleer. Reza, Isaac, das Z-Team, die ganzen Schüler – alle sind weg.

»Mist, wo sind sie hin?«, fragt Benny. Die Schule wirkt wie ein Geisterschloss.

»Ach du Neptun! Ist es schon so spät?«, sage ich erschrocken. Wir haben völlig die Zeit vergessen. Benny und ich mussten immer weiterspielen, bis wir uns für das Achtelfinale qualifiziert hatten – wir konnten nicht anders.

»Sie spielen doch Fußball«, erinnere ich Benny.

Angelo läuft bereits los. »Wir trainieren immer in einem Park in der Nähe«, sagt er. »Er ist nicht weit von hier.«

Wir verlassen eilig das Internat. Angelo führt uns zum Park. Dort, auf dem grünen Rasen, der umzäunt ist von blühenden Bäumen und schmalen Wasserwegen, finden wir sie. Sie sind gerade dabei, ein riesengroßes Match zu spielen, zwanzig gegen zwanzig, in zwei gemischten Mannschaften. Sogar Reza und Isaac spielen mit. Wie peinlich! Das haben wir völlig verpennt.

»Jetzt kriegen wir bestimmt Ärger«, befürchtet Benny. Wir stellen uns hinter die Internatsschüler, die an der Seitenlinie sitzen und zuschauen. Daneben spielen die ganz Kleinen gegeneinander.

Als Reza uns sieht, unterbricht er

das Spiel und kommt auf uns zu. Er sieht sauer aus.

»Wo wart ihr denn die ganze Zeit?«, fragt er streng.

Na ja. Was soll ich denn jetzt antworten? Das Turbokick-Spiel hat ein bisschen länger gedauert als geplant. Aber ich glaube, das erzähle ich Reza lieber nicht. Sonst kriegt Angelo vielleicht Ärger.

Daher sage ich schnell: »Wir wollten uns die Stadt ein bisschen angucken.«

Reza kneift misstrauisch die Augen zusammen. Er bemerkt immer, wenn ich lüge. Ich bin durchschaubar wie eine frisch geputzte Fensterscheibe. So ein Mist!

»Ihr dürft nicht einfach verschwinden. Warum habt ihr mir denn nicht Bescheid gegeben?«, fragt er, immer noch wütend. »Wir sind hier nicht in

Zenitropa. Damarakus ist eine Großstadt! Wenn ihr so was morgen im Stadion macht, dann ... dann ...«

»Entschuldige bitte, Reza«, sage ich kleinlaut. »Das kommt nicht wieder vor.«

Auch Isaac sieht alles andere als glücklich aus.

»Und wo wart ihr?«, fragt er Angelo und Jiri ebenfalls mit strenger Stimme.

»Wir sind mitgegangen«, antwortet Angelo lässig, »und haben auf sie aufgepasst.«

Auch Isaac wirkt nicht gerade überzeugt. Er schüttelt den Kopf. »Ich hoffe, du hast nicht wieder was angestellt, Angelo. Ich kenne dich doch!«

Angelo zuckt nur mit den Schultern, als könnte er kein Wässerchen trüben.

»Dann bleibt ihr erst mal draußen«, entscheidet Reza und zeigt auf die Stelle, an der wir bereits stehen. »Wir spielen noch zehn Minuten, dann gehen wir zur Pyramide zurück und schauen uns das WM-Spiel an. Es beginnt gleich. Und dann überlege ich mir noch eine passende Strafe für euch!«

Benny macht den Mund auf, um zu protestieren – weil er natürlich sofort mitspielen will, nicht wegen der Strafe –, doch Reza dreht sich um und geht auf das Spielfeld zurück.

»Bis gleich!«, sagt auch Isaac. »Jetzt zeigen wir euch, wie man Fußball spielt!«

Benny, Angelo, Jiri und ich setzen uns an die Seitenlinie.

»Hey, schau mal!«, sagt Benny und zeigt nach oben. »Reza hat sich mit der Zeit vertan: Das Spiel fängt doch jetzt schon an!«

Hinter dem Park steht ein gewaltiger Wolkenkratzer. Auf der Seitenwand werden gerade Live-Bilder aus dem WM-Stadion gezeigt. Die Spieler stehen bereits auf dem Spielfeld und singen ihre Nationalhymnen.

»Ist gar nicht so schlecht, der Platz!«, schmunzelt Benny und macht es sich auf dem Rasen gemütlich. Er deutet mit dem Kopf auf das Internatsspiel. »Von mir aus können sie so lang spielen, wie sie wollen.«

Auf der Wolkenkratzerleinwand geht das WM-Spiel los. Eine Zeit lang schauen wir beide Spiele parallel an: das Spiel, das vor unseren Augen auf dem grünen Rasen abläuft, und das, welches *live* aus dem WM-Stadion übertragen wird.

Als Talin einen langen Pass von ei-

nem der Internatsschüler mit dem Hinterkopf verlängert, fällt mir auf, dass genau der gleiche Spielzug gerade beim WM-Spiel stattfindet. Gleichzeitig startet Yuri aus der Mitte und befördert das Leder mit einem Volleyschuss unter die Latte. Ein Blick nach oben zeigt mir wieder genau den gleichen Abschluss im WM-Stadion. Ich traue meinen Augen kaum.

»Hey, Benny! Hast du das gesehen?«, frage ich und zeige auf den Wolkenkratzer.

»Hiro Niro hat ein Tor geschossen«, antwortet er vollkommen unaufgeregt. »Ein schönes Ding war das.«

»Unglaublich!«, sage ich fassungslos.

Benny zuckt mit den Schultern. »Na ja. So unglaublich war das jetzt auch wieder nicht. Ich habe letzte Woche auch so ein Tor geschossen.«

Erst dann fällt mir auf, dass Benny Yuris Tor gar nicht gesehen hat. Er schaut die ganze Zeit nur das WM-Spiel auf dem Wolkenkratzer an. Das Spiel im Park interessiert ihn überhaupt nicht.

Auf dem Platz vor uns wird Yuri gerade von ihren Mannschaftskameraden gefeiert. Der Internatsjunge, der den entscheidenden Pass hingelegt hat, auch.

»Es war haargenau der gleiche Ablauf«, sage ich zu mir selbst. »Jeder Schritt ...«

Ich muss lachen. Nur weil ich manchmal Gedanken lesen kann, heißt das noch lange nicht, dass ich den Spielverlauf bei einem WM-Spiel beeinflussen kann! Nee, nee. Das geht doch ein bisschen weit! So was nennt man einfach Zufall. Fertig. Aus.

Ein glorreicher Fußballtag

Die Stimmung im Stadion ist echt unglaublich. Ich kann sie nur als elektrisierend beschreiben. Der Stadionsprecher begrüßt die 150 000 Zuschauer. Währenddessen fliegen zwei Helipods über das offene Stadiondach. Die Spieler der beiden heutigen Mannschaften springen aus den Helipods heraus. 22 bunte Fallschirme schweben auf das Spielfeld herunter. Das nenne ich einen galaktischen Auftritt! Es ist ein richtiges Spektakel mit Tanz, Musik und einer tollen Lasershow.

Als die heutige Eröffnungsveranstaltung vorbei ist, wird es im Stadion ganz still. Die Nationalhymnen werden gesungen. Die Vorfreude ist riesig. Argovia gegen Frantanien. Ein Klassiker.

»Ich bin so gespannt!«, sagt Benny, der die ganze Zeit auf seinem Sitzplatz hin- und herrutscht.

»Ich auch!«, sage ich. In der Nacht habe ich kaum ein Auge zugemacht. Sogar Reza scheint jetzt ganz aus dem Häuschen zu sein.

Bevor das Spiel losgeht, setze ich die Telebrille auf, die mein Vater mir vor der Abreise gegeben hat.

»Albertus? Sind sie da?«, frage ich, als ich das Gerät eingeschaltet habe.

»Und ob ich da bin!«, kommt prompt die Antwort über den Stöpsel in meinem Ohr. Ich bin direkt mit Albertus Hackentrick auf der Insel Mandelin verbunden.

»Wo sind denn die Mannschaften?«, fragt er neugierig.

Ich richte meine Telebrille auf das Spielfeld. Die Spieler geben sich gerade gegenseitig die Hände. Die Menschenmenge jubelt.

»Es ist wirklich so, als wäre ich mit dir im Stadion!«, sagt Albertus begeistert. Dann wechselt er in seine Fußballkommentatoren-Stimme. »Die Spieler laufen jetzt auf ihre Positionen. In der Mitte wirft der Schiri die Scheibe. Argovia fängt an.«

Albertus kommentiert alles. Vom Anpfiff bis zum ersten Tor.

»Jetzt hat Delgado den Ball. Er dribbelt an Lambert vorbei, spielt einen Doppelpass mit Rafa und geht rechts an die Seitenlinie. Banto steht links ganz frei. Delgado hat ihn gesehen. Er legt einen langen Pass hin. Seitenwechsel. Jetzt hat Banto Zeit.

Rafa läuft von rechts in den Elfmeterraum. Banto flankt! – Nein! Abseits! Die Linienlichter leuchten, das Strafpiepsen schallt durchs ganze Stadion, das Spiel wird abgebrochen – Freistoß für Frantanien …«

Das Spiel ist unglaublich rasant. Beide Mannschaften rennen unermüdlich über das Spielfeld, hoch und runter, hoch und runter. Von hier oben sieht man alles. Jeden Sprint, jeden Stellungsfehler, jeden freien Spieler. Es ist ganz anders, als Fußball in der Ferntube zu schauen.

In der Halbzeitpause nehme ich die Telebrille ab. Mein Vater wird sich freuen: Sie funktioniert einwandfrei.

»Kann ich sie nach der Pause mal haben?«, fragt Benny und schaut neidisch auf die Telebrille.

»Ja klar«, sage ich und gebe sie ihm. Dann sehe ich Mia ein paar Reihen vor uns. Sie steht ganz allein da und starrt vor sich hin.

»Ich hole uns Alphakekse«, sagt Benny.

Ich gehe zu Mia runter. Sie rührt sich immer noch nicht von der Stelle.

»Hi, Mia! Hältst du nach etwas Bestimmtem Ausschau?«, frage ich sie.

»Das Mädchen da drüben«, murmelt Mia und deutet mit dem Kopf nach vorne. »Sie weint die ganze Zeit.«

Ungefähr fünf Reihen vor uns steht ein kleines Mädchen auf der Tribünentreppe. Ihre Augen sind rot vom Heulen, ihre Wangen nass von den Tränen.

»Sie steht da ganz allein«, sagt Mia. »Schon seit ein paar Minuten.«

»Komm! Wir fragen sie, wo ihre Eltern sind«, schlage ich vor und gehe auf sie zu.

Mia folgt mir die Treppe hinunter und wir bleiben vor dem weinenden Mädchen stehen. Sie ist ungefähr sechs Jahre alt, hat kurze blonde Locken und ein rundes Gesicht mit roten Backen. So ähnlich wird meine kleine Schwester in sechs Jahren bestimmt auch aussehen.

»Hallo! Ist alles in Ordnung mit dir?«, frage ich. Eigentlich eine völlig überflüssige Frage, denn sonst würde sie nicht Rotz und Wasser heulen.

Sie antwortet nicht und weint einfach weiter.

Ich lege meine Hand auf ihre Schulter und beuge mich zu ihr vor. »Hey, was ist denn los? Warum weinst du?«

Das Mädchen hebt ihre Hand und zeigt nach oben. »Der Mann da hat mich geschlagen«, sagt sie schluchzend. »Und er hat mir meine Tasche weggenommen.«

Mia und ich drehen uns gleichzeitig um. Das Mädchen zeigt auf einen asiatischen Mann, der gerade zu seinem Sitzplatz zurückkehrt. Er trägt ein argovisches Fußballtrikot und hat eine weiße Tasche in der Hand.

Seltsam, denke ich. So eine große Tasche passt doch gar nicht zu einem sechsjährigen Mädchen.

»Hey! Sie da!«, ruft Mia dem Mann zu und springt die Treppen hinauf. Ich folge ihr.

Der Asiate dreht sich überrascht um. Er stellt die weiße Tasche auf seinem Platz ab und kommt auf Mia zu. Sie ist am Ende der Sitzreihe stehen geblieben.

»Ja? Was ist?«, fragt er höflich.

»Warum haben Sie das Mädchen dort drüben geschlagen?«, schnauft Mia wutentbrannt.

Der Mann schaut sie verständnislos an. »Wovon redest du?«

»Das Mädchen da drüben!« Ohne hinzuschauen, deutet Mia die Treppe hinunter. »Sie haben sie geschlagen und ihr die Tasche weggenommen!«

Der Mann folgt mit seinem Blick Mias ausgestreckter Hand, doch das weinende Mädchen ist weg.

»Welches Mädchen?«, fragt er verblüfft.

Jetzt bemerkt auch Mia, dass das Mädchen spurlos verschwunden ist. »W-wo ist sie hin?«, stammelt sie verwirrt.

Der Mann geht einen Schritt auf Mia zu und fuchtelt mit seinem Zeigefinger vor ihrer Nase herum. »Ich weiß zwar nicht, was dein Problem ist, junge Dame, aber ich hoffe, du wirfst nicht allen Gästen hier im Stadion solchen Unsinn vor!«

Mia senkt beschämt den Kopf. »Es tut mir leid«, entschuldigt sie sich. »Ich wollte nur …«

Doch der Mann interessiert sich nicht für Mias Erklärung. Er dreht sich um und geht zu seinem Sitzplatz zurück.

Kaum hat er ihr den Rücken zugedreht, schreit er laut auf: »Ach du Jupiter! Wo ist meine Tasche?«

Der Mann schaut wieder zu uns. Erst jetzt sehen wir, dass sein Sitzplatz leer ist. Die Tasche ist weg!

»Kinderdiebe!«, ruft der Mann aufgebracht und zeigt anschuldigend auf uns. »Bleibt stehen!«

Die Polizisten, die am Tribüneneingang Wache halten, haben den Hilferuf gehört. Reza auch. Er schaut erschrocken zu uns herüber, aber die Polizisten kommen schon mit entschlossenen Mienen auf uns zu.

Unter Verdacht

»Warum habt ihr die Tasche geklaut?«, fragt die Kommissarin nun schon zum dritten Mal. Sie hat ein freundliches Gesicht und schwarze lange Haare. Sie mustert uns über den Schreibtisch hinweg.

»Wir haben sie nicht geklaut«, beteure ich erneut. »Wir haben den Mann nur angesprochen, weil das Mädchen uns erzählt hat, dass sie von ihm geschlagen wurde.«

Die Kommissarin geht zu einem Bildschirm an der Wand und drückt ein paar Knöpfe. »Beschreibt noch mal das Mädchen«, fordert sie uns auf.

»Sie ist ungefähr sechs oder sieben Jahre alt«, sage ich. »Klein. Kurze blonde Locken. Blaue Augen. Ganz normal eben.«

»Ganz normal«, wiederholt die Kommissarin nachdenklich, während sie unsere Beschreibung in ihren Computer eingibt. »Und dieses ›ganz normale‹ Mädchen soll euch dazu benutzt haben, den Mann mit der Tasche abzulenken, behauptet ihr?«

»Genau so war es«, sagt Mia.

»Eine sechsjährige Kleinkriminelle also?«, grübelt die Kommissarin. »Davon gibt es zugegebenermaßen nicht allzu viele.«

Auf dem Bildschirm erscheint das Suchergebnis: »Es wurden keine Personen gefunden, die mit Ihrer Beschreibung übereinstimmen.«

Verdammter Mist!, höre ich auf

einmal. Die aufgebrachte Stimme gehört jedoch nicht der Kommissarin, sondern einem Mann. *Wenn ich die Tasche nicht zurückbekomme, bin ich erledigt!*

Ich schaue auf die verspiegelte Glasscheibe neben dem Bildschirm, die sich über die komplette Wand erstreckt. Ich kann nicht durch sie hindurchschauen. Trotzdem weiß ich, wer auf der anderen Seite sitzt: der asiatische Mann, dessen weiße Tasche gestohlen wurde. Er beobachtet uns und hört jedes Wort.

»Also, ihr könnt jetzt gehen«, sagt die Kommissarin. »Euer Trainer wartet draußen auf euch. Ich sage ihm, dass ihr morgen noch einmal vorbeischauen müsst. Die Sache ist noch längst nicht erledigt.«

Dann beugt sie sich zum Tisch vor und schaltet das Mikrofon aus.

»Kann er uns jetzt noch hören?«, frage ich schnell.

»Wer?« Die Kommissarin schaut mich überrascht an.

Ich deute auf die verspiegelte Glasscheibe. »Der Mann da drüben.«

Die Kommissarin schüttelt irritiert den Kopf. »Jetzt nicht mehr. Warum?«

»Was war eigentlich in der Tasche?«, will ich wissen.

»Kleidung, sein Pass und Bargeld, nichts Besonderes«, antwortet sie.

Das kann nicht sein. Es muss um viel mehr gehen. Er hat doch eben gedacht, dass er ohne die Tasche erledigt ist.

»Ich glaube nicht, dass er die Wahrheit sagt«, wende ich überzeugt ein.

Die Kommissarin schaut mich verblüfft an. »Wie kommst du darauf?«

Ich werfe einen Blick auf Mia. Bis jetzt wissen nur meine Familie und Benny von meinem kleinen Geheimnis.

»Wissen Sie, manchmal höre ich Gedanken ...«, fange ich zögerlich an.

Sprachlos starrt die Kommissarin mich an. Mia auch.

»Ich habe einen Hörfehler«, erkläre ich. »Im linken Ohr. Die Ärzte haben mir einen Chip implantiert. Und ab und zu höre ich jetzt Gedanken. Aber ich kann es nicht kontrollieren. Und gerade eben war es wieder da: Ich habe die Gedanken des Mannes gehört. Er verheimlicht etwas – und er hatte ganz bestimmt etwas sehr Wichtiges in seiner Tasche.«

Die Kommissarin lässt sich mein Geständnis durch den Kopf gehen. Nach einer kurzen Pause sagt sie: »Dann holen wir ihn hier rein. Ihr beide geht nach draußen. Falls du etwas anders heraushörst, als er sagt, gib es mir bitte über die Kopfhörer durch.«

Sie klopft auf den Stöpsel in ihrem Ohr. Dann steht sie auf und öffnet die Tür.

»Mister Lee? Hätten Sie noch einen Augenblick Zeit für mich?«, fragt sie freundlich. »Ich bin mit den Kindern hier fertig.«

Die Kommissarin zwinkert uns verschwörerisch zu. Wir gehen an Mister Lee vorbei und verlassen schnell den Raum.

»Stimmt das wirklich, was du gerade gesagt hast?«, fragt Mia, als wir allein im Überwachungsraum sind.

»Ja. Es stimmt.«

»Warum hast du mir nie davon erzählt?«

»Ich dachte, es wäre weg.«

Aus dem Verhörraum ertönt die Stimme der Kommissarin. »Setzen Sie sich, bitte, Mister Lee. Ich habe noch ein paar Fragen an Sie.«

Ich habe doch schon alles gesagt, höre ich ihn denken und drehe mich zur Glasscheibe um. *Ich will nur meine verdammte Tasche zurück!*

»Schießen Sie los«, sagt er stattdessen.

»Wir gehen davon aus, dass das weinende Mädchen zu einer Kinderbande gehört«, erklärt die Kommissarin sachlich. »Ihre Tasche wurde von ihr gestohlen. Noch ist unklar, ob die beiden Kinder da draußen dazugehören. Aber für mich bleibt die große Frage: Was genau war in der Tasche?«

Nicht schon wieder!, denkt Mister Lee. *Ist die Frau denn schwer von Begriff?*

»Das wissen Sie doch bereits«, zischt er verärgert. »Bargeld, mein Pass, ein paar Klamotten ...«

Die Kommissarin hebt eine Augenbraue und sagt nichts. Sie sitzt nur da und schaut Mister Lee mit einem eindringlichen Blick an. Er windet sich auf seinem Stuhl.

Warum sieht sie mich so komisch an? Weiß sie etwa doch mehr? Das kann nicht sein ... Oder?

Ich beuge mich vor und spreche ins Mikrofon. »Jetzt hat er Angst. Er glaubt, Sie wüssten schon was.«

»Schauen Sie sich gerne Fußballspiele an, Mister Lee?«, fragt die Kommissarin.

Was soll das? Was hat das mit meiner Tasche zu tun?

»Ja klar«, sagt der Mann unruhig.

»Gehen Sie oft ins Stadion?«

»Ab und zu schon.«

»Immer allein? So wie heute? Sie sind doch allein nach Damarakus gereist, nicht wahr?«

Der Mann schaut nervös von links nach rechts. Innerlich gerät er in Panik: *O nein! Haben sie etwa Damian erwischt?*

Ich gebe die Information an die

Kommissarin weiter: »Er kennt jemanden namens Damian. Der hat etwas mit der Sache zu tun. Mister Lee hat Angst, dass dieser Damian schon festgenommen wurde.«

Ich sehe, wie die Kommissarin langsam nickt. Sie bleibt ganz ruhig. »Wer ist Damian?«, fragt sie.

Mister Lee zuckt erschrocken zusammen. *Ach du Neptun! Sie haben ihn gefasst!*

Die Kommissarin bleibt dran. »Damian hat uns gesagt, das alles *Ihre* Idee war.«

Mister Lee schaut sie entsetzt an und springt plötzlich vom Stuhl auf. Er läuft nervös durch den Verhörraum und reibt sich die Stirn.

»Warum sagen Sie mir nicht einfach, was wirklich in der Tasche war, Mister Lee?«, bohrt die Kommissarin weiter nach. »Wenn Sie mit uns kooperieren, kann ich Ihre Strafe mindern.«

»Es war nicht meine Idee!«, ruft Mister Lee verzweifelt. Er scheint mit den Nerven vollkommen am Ende zu sein. »Damian hat die ganze Sache mit den Wettbüros klargemacht. Ich habe doch nur die Tasche besorgt. Ich bin lediglich der Mittelsmann. Ich spiele Turbokick – deswegen ist er auf mich zugekommen.«

»Was war in der Tasche, Mister Lee?«

Schließlich hält der Verdächtige inne und wendet sich verzweifelt an die Kommissarin. »Sensoren!«, gibt er atemlos zu, »um den Ball zu kontrollieren. Argovia muss alle Spiele gewinnen. Sonst bin ich ein toter Mann!«

Das weinende Mädchen

Nach dem erkenntnisreichen Gespräch mit Mister Lee bringt uns die Kommissarin zu Reza, der im Warteraum sitzt. Leider ist das WM-Spiel schon längst vorbei.

»Joshua und Mia haben uns sehr geholfen«, erzählt sie ihm. »Sie haben sogar ein Verbrechen aufgedeckt. Zwei Männer wollten die Spiele von Argovia manipulieren, um für die Mannschaft den Sieg zu sichern. Wir konnten einen von ihnen bereits festnehmen.«

»Und wo ist der zweite?«, fragt Reza.

»Er läuft noch frei herum. Aber den

kriegen wir auch noch«, antwortet die Kommissarin entschlossen. »Übrigens, weil unsere beiden kleinen Helden hier heute die zweite Halbzeit verpasst haben, habe ich Karten für das morgige Spiel organisiert. Hätten Sie Zeit, die Kinder ins Stadion zu begleiten?«

Reza reißt vor Begeisterung die Augen auf. »Das ist ja super!«, ruft er. »Natürlich begleite ich sie!«

Die Kommissarin bedankt sich noch einmal für unseren Einsatz und organisiert einen Helipod, der uns »Helden« ins Internat zurückbringt. Isaac öffnet die Tür und begleitet uns zum Speisesaal, wo das Z-Team und die Internatsschüler zu Abend essen.

Ich setze mich am Tisch neben Benny und stelle fest, dass ich einen Bärenhunger habe.

»Und? Wie war es bei der Polizei?«, fragt er neugierig. »Haben sie das Mädchen gefunden?«

»Nein«, antworte ich. »Es gibt keine Spur von ihr. Aber was sie gemacht hat, war ja eigentlich ganz gut. Sie hat ein Verbrechen verhindert.«

Ich erzähle Benny und den anderen Z-Kindern von Mister Lees Vorhaben. Sie staunen nicht schlecht.

»Eine Schande!« Florian regt sich ziemlich auf.

»Was für ein total mieser Trick!«, schimpft Rebekka.

»Unter aller Kanone!«, ruft Noah.

»Ausgerechnet bei einer WM!«

Nach dem Abendessen kommen Angelo und Jiri auf Benny und mich zu. »Wir sollten jetzt gehen«, flüstert mir Angelo ins Ohr, »das Achtelfinale fängt gleich an.«

Ich schaue schnell zur Essensausgabe. Reza und Isaac stehen davor und sind in ein Gespräch vertieft. Ein ganz ungutes Gefühl steigt in mir hoch.

»Was ist los? Willst du nicht ins Finale?«, fragt Angelo.

Ich muss an die fünfhundert Solari denken, die es als Preisgeld gibt. Das wäre echt ein Ding, mit so viel Geld nach Hause zu fahren!

»Wir sagen ihm einfach, dass wir in den Park gehen, zum Kicken«, sagt Benny. »Ist auch nicht ganz gelogen.«

Benny geht zu Reza rüber und gibt ihm Bescheid. Reza nickt zustimmend. Isaac schaut misstrauisch zu uns herüber. Er mustert Angelo und Jiri ziemlich lange, als ob er wüsste, was sie vorhaben. Letztendlich sagt er aber nichts.

Benny kommt zu uns zurück und grinst. »Der Weg zum Turbo-Finale ist frei!«

Doch Mia erwischt uns noch am Ausgang.

»Wo geht ihr hin?«, fragt sie.

»Ist nur für Jungs«, blockt Angelo sie ab.

»Ach, wirklich? So wie Fußball nur für Jungs ist, oder was?«

Angelo ignoriert ihre schlagfertige Bemerkung und geht einfach an ihr vorbei. Jiri auch.

»Dann komme ich mit«, beschließt Mia und folgt uns auf die Straße.

Wie beim letzten Mal führt uns Angelo über den großen Marktplatz. Wir schlängeln uns durch die schmalen Gassen hinter dem Tempel und erreichen die Treppe, die nach unten zum Turbokeller führt.

»Wo gehen wir denn eigentlich hin?«, fragt Mia neugierig.

Ich antworte nicht. Angelo gibt den Code in die Türanlage ein und zusammen betreten wir den Kellerraum. Spätestens jetzt weiß Mia Bescheid.

Sie staunt nicht schlecht, als sie die zwanzig voll besetzten Turbotische vor sich sieht. »Wahnsinn! Das ist so was von kometenhaft cool!«

Auf der anderen Seite des Raumes steht Hardy auf. Er kommt auf uns zu und reibt sich energisch die Hände.

»Da seid ihr ja endlich!«, sagt er erfreut. »Dann können wir jetzt anfangen. Wir haben eine Menge vor. Heute wollen wir das Achtel-, Viertel- *und* Halbfinale bestreiten. Morgen steht nur noch das Finale auf dem Programm.«

»Was für ein Finale?«, flüstert mir Mia zu.

»Das der Turbokick-WM«, erkläre ich ihr. »Benny und ich wollen sie gewinnen.«

»Angelo, Jiri, euer Achtelfinale ist an Tisch 4«, sagt Hardy und zeigt quer durch den Raum. »Ihr spielt gegen die Karan-Brüder. Igor und Vassily warten schon auf euch.«

An Tisch 4 stehen zwei fünfzehnjährige Jungs, die so breit sind wie Baumstämme. Sie sehen aus wie Zwillinge. Sie starren Angelo und Jiri an und knacken mit ihren Fingerknöcheln.

»Joshua und Benny, ihr seid an Tisch 8.« Hardy dreht sich um und deutet in die andere Richtung. »Ihr habt die große Ehre, heute gegen meine zwei hübschen Töchter zu spielen! Ich wünsche euch dabei viel Spaß.«

Benny und ich schauen zu Tisch 8. Dort stehen zwei Mädchen. Eins davon ist so alt wie wir, vielleicht sogar ein bisschen älter. Das andere ist ziemlich jung. Sie hat kurze blonde Locken und helle blaue Augen. Ich erkenne sie sofort wieder: Es ist das weinende Mädchen aus dem Stadion!

Auch Mia hat sie jetzt gesehen. »Hey! Dich kenne ich!«, ruft sie durch den Raum.

Doch bevor wir das Rätsel des weinenden Mädchens lösen können,

gibt es eine ohrenbetäubende Explosion hinter uns. Alle im Raum hören schlagartig auf zu spielen und schauen gebannt zur Tür. Eine dichte Staubwolke wirbelt auf. Als sich die Luft langsam klärt, sehen wir, dass die Tür komplett aus den Angeln gerissen wurde. Sie liegt in Trümmern auf dem Boden. Im leeren Türrahmen steht ein Mann. Auch wenn nur sein Umriss zu erkennen ist, sehe ich sofort die Laserwaffe in seiner Hand.

»Guten Abend zusammen«, sagt der Mann mit tiefer Stimme. »Mein Name ist Damian.«

Ein schwerer Rückschlag

Der Mann namens Damian betritt langsam den Kellerraum. Keiner rührt sich von der Stelle. Wir sind vor Schreck wie gelähmt. Ich kann meinen eigenen Herzschlag hören. Auch wenn ich wollte, könnte ich jetzt nicht weglaufen.

Der Eindringling trägt eine schwarze Maske. Nur seine Augen sind zu sehen. Sie sind blutrot. Ich habe das Gefühl, er starrt mich die ganze Zeit an. Langsam schreitet er durch den Raum. Mit Schrecken stelle ich fest, dass er direkt auf mich zukommt!

Er bleibt vor mir stehen. »Wo ist

die Tasche?«, fragt er mit bedrohlicher Stimme.

Ich kann kaum sprechen. »Ich ... ich weiß nicht, wovon Sie reden.«

Der Mann zeigt keinerlei Regung. Unter der Maske seufzt er, als ob er diese Antwort schon erwartet hätte. Dann hebt er seine Laserwaffe.

»Ich frage nur noch ein einziges Mal«, knurrt er in aller Ruhe. »Dann zähle ich bis drei.

Also, Kleiner ... sag schon, wo ist die Tasche?«

Ich starre die Laserwaffe in Damians Hand an und zittere am ganzen Körper.

»Eins«, sagt Damian, ohne von mir wegzuschauen.

Ich tausche einen verzweifelten Blick mit Mia. Sie sieht so hilflos aus, wie ich mich fühle. Wir können Hardys Tochter nicht einfach verraten.

»Zwei.«

Ich schaue mich panisch um. Das Mädchen mit den blonden Locken klammert sich an ihre ältere Schwester. Angelo und Jiri beobachten ebenfalls mit weit aufgerissenen Augen das Geschehen.

»Drei«, sagt Damian und richtet langsam seine Laserwaffe auf mich.

»Warte!«, ertönt eine männliche Stimme von der Seite. Damian dreht sich überrascht um. Hardy steht vor dem Nebenzimmer und hat die weiße Tasche in der Hand.

»Hier ist sie!«, sagt er und hält die Tasche hoch.

Damian winkt ihn mit der Laserwaffe zu sich. »Bring sie her!«

Hardy durchquert den Raum und drückt dem maskierten Mann die Tasche in die Hand. Damian öffnet sie und überprüft den Inhalt.

»Alles klar«, sagt er und schaut noch einmal zu Hardy. »Sie sind der Mann, der es gebaut hat, oder?«

Hardy blickt auf die Tasche und nickt langsam. Er sieht niedergeschlagen aus.

Einen Augenblick lang herrscht Stille im Kellerraum. Dann geht Damian rückwärts zur Tür. »Von mir aus könnt ihr gerne die Polizei rufen«, sagt er durch seine Maske. »Bis die hier sind, bin ich schon längst weg. Auf Wiedersehen und danke für eure Kooperation!«

Dann verschwindet er so plötzlich, wie er gekommen ist.

Binnen Sekunden habe ich meine Z-Box hervorgekramt und wähle die Nummer der Kommissarin. Als sie rangeht, erzähle ich ihr in Windeseile, was uns geschehen ist.

»Bleibt, wo ihr seid. Ich bin sofort bei euch«, sagt sie.

Wenige Minuten später betritt eine Polizeieinheit den Turbokeller. Ein Team der Spurensicherung streift durch den Raum und sucht nach Hinweisen. Die anderen Polizisten befragen jeden Einzelnen von uns. Die Kommissarin nimmt Mia und mich beiseite.

»Könnt ihr den Mann denn beschreiben?«, fragt sie.

Mia schüttelt den Kopf. »Er hatte eine Maske auf.«

Die Kommissarin denkt einen Augenblick lang nach. Dann schaut sie zu Hardy, der seine Töchter tröstet.

»Und was ist mit Ihnen?«, fragt sie den Betreiber des Turbokellers. »Kannten Sie den Mann?«

Auch Hardy schüttelt den Kopf. »Ich kenne nur Mister Lee. Er hat die Tasche bei mir bestellt.«

»Wussten Sie denn von seinem Vorhaben?«

»Nein, natürlich nicht«, sagt Hardy. »Mister Lee hat mir erzählt, dass er einen lebensgroßen Turbotisch in seiner Heimat anfertigen lassen will. Ich baue die Tische selbst, wissen Sie? Und eben auch die entsprechenden Sensoren. Man kennt mich in der Branche. Deswegen ist er zu mir gekommen.«

»Und warum hat Ihre Tochter die Tasche dann wieder geklaut?«, fragt die Kommissarin.

»Das war reiner Zufall«, erzählt Hardy. »Abends vor dem Argovia-Spiel hatte sich Mister Lee in einem Lokal mit Freunden von mir zum Turbokicken getroffen. Er hatte zu viel getrunken und prahlte mit dem Plan von Damian. Meine Freunde haben mir sofort davon erzählt. Am nächsten Tag bin ich mit meinen Mädels ins Stadion. Dort haben wir ihn gesehen. Ich habe ihm die Tasche einfach wieder weggenommen – mit der Hilfe meiner Kleinsten hier.«

Hardy streichelt seiner Tochter liebevoll über die blonden Locken und lächelt fade.

»Warum haben Sie nicht die Polizei angerufen?«, fragt die Kommissarin.

»Ich hatte Angst, dass sie mich verdächtigen würde, mit den Männern unter einer Decke zu stecken«, antwortet Hardy. »Aber ich bin keiner von ihnen.«

Die Kommissarin nickt. »Na gut. Ich glaube Ihnen. Wir kriegen diesen Damian schon. Das nächste Argovia-Spiel ist erst in fünf Tagen. Wir haben noch ein bisschen Zeit.«

Hardy schaut sich im Turbokeller um. Die Spurensicherung ist immer noch beschäftigt.

»Ähm ... ich habe da noch eine Frage, Frau Kommissarin«, sagt er verlegen und räuspert sich. »Wie lange dauert das hier? Wir müssen heute nämlich noch ein paar Spiele machen, wenn es geht ...«

Live aus der Kommentatorenkabine

Heute ist ein super Tag. Ich darf nicht nur zum zweiten Mal zu einem WM-Spiel gehen, sondern danach auch noch mit Benny im Turbokick-Finale antreten! Gestern Abend haben wir alle drei Spiele gewonnen. Ein Sieg im Finale wäre der perfekte Abschluss einer unvergesslichen Reise.

Aber erst mal bin ich mit Mia und Reza im großen WM-Stadion von Damarakus. Das Spiel fängt gleich an. Frantanien gegen Sinosia. Eine Begegnung, die Frantanien ohne große Probleme gewinnen sollte.

Damit würden sie sich jetzt schon für das Achtelfinale qualifizieren.

Vor dem Anpfiff setze ich die Telebrille meines Vaters wieder auf und stelle die Verbindung zu Albertus Hackentrick auf der Insel Mandelin her.

»Albertus, kannst du etwas sehen?«

»Ja! Herrliches Wetter bei euch!«, trällert er in mein Ohr. »Nicht zu warm für die Spieler, hoffe ich.«

Der Schiri pfeift das Spiel an. Die Zuschauermenge jubelt. Und schon legt Albertus mit seinem Live-Bericht los.

»Lambert im Mittelkreis. Spielt zu Palau zurück. Palau kurz auf Cani, wieder zu Lambert. Lambert dribbelt nach vorne. Spielt Kieron mit dem Hacken an. Schöne Vorlage. Kieron nimmt den Ball im Lauf an. Soku grätscht rein. Klasse gemacht von Kieron! Ganz locker kickt er den Ball mit der Fußspitze nach vorne und springt über Sokus ausgestrecktes Bein. Lambert ist mitgelaufen. Kieron spielt Sandro aus. Schafft er es allein? Matti kommt aus dem Tor heraus. Kieron schießt! Matti springt, aber er kriegt ihn nicht. Der Ball ist zu hoch. Ist er drin? Ja, er muss drin sein!«

Doch in der letzten Sekunde knallt der Ball gegen die Latte. Ein Stöhnen ertönt vom Frantanien-Fanblock.

»Nein! Latte! Der Ball geht ins Aus! Kein Tor für Frantanien. Ich wiederhole: kein Tor für Frantanien!«

»Ich dachte echt, der Ball geht rein!«, sagt Mia neben mir und schaut wie gebannt auf das Spielfeld.

»Ich auch«, stimme ich ihr zu.

»Ganz meine Meinung!«, höre ich Albertus über meinen Ohrenstöpsel. »Schaut euch mal die Wiederholung an. Ich schicke euch die Aufzeichnung rüber.«

Plötzlich verschwindet das Spielfeld vor meinen Augen. Die Linsen werden zu zwei keinen Displays. Ich nehme die Telebrille ab und zeige Mia die Wiederholung.

»Ich habe die Flugbahn mit einer weißen Linie gekennzeichnet«, sagt Albertus. »Seht ihr das?«

Kierons Schuss wird in Zeitlupe abgespielt. Wie Albertus angekündigt hat, zeichnet eine weiße Linie die Flugbahn nach. Als der Ball gegen die Latte donnert, setzt die weiße Linie ihren Weg ins Tor fort.

»So hätte der Ball fliegen *müssen!*«, erklärt Albertus aufgeregt.

»Das ist reine Physik! Nur ein Windstoß hätte ihn aus der Bahn bringen können. Und windig ist es ja bei euch überhaupt nicht. Ich habe die Windstärke schon überprüft. Irgendetwas stimmt an der Sache nicht.«

Es dauert ungefähr zehn Millisekunden, bis Mia und ich auf die gleiche Lösung kommen. »Damian!«, rufen wir wie aus einem Mund.

Mia schaut auf das Spielfeld und runzelt die Stirn. »Aber warum sollte er denn das heutige Spiel manipulieren?«, fügt sie unsicher hinzu. »Argovia spielt doch gar nicht.«

Dann fällt es mir wie Schuppen von den Augen. »Die Kommissarin hat sich vertan! Es geht nicht darum, dass Argovia alle seine Spiele gewinnen muss, sondern dass die anderen Mannschaften in Argovias Gruppe auch verlieren! Wenn Frantanien heute gewinnt, kann Argovia höchstens noch Gruppenzweiter werden. Vielleicht auch nicht mal das! Frantanien *muss* heute verlieren!«

»Ja klar!«, sagt Mia und springt entschlossen auf. »Wir müssen Damian finden. Er muss hier irgendwo im Stadion sein.«

»Richte die Brille auf die Tribüneneingänge«, sagt Albertus, der jedes Wort mitgehört hat. Er weiß genau, wer Damian ist. Davon hatte ich ihm gestern Abend erzählt. »Ich kann das Bild an deiner Telebrille vergrößern.«

Ich setze die Telebrille wieder auf und richte meinen Blick auf den Eingang gegenüber. Dieser ist von Stadionaufsehern bewacht.

»Damian muss einen freien Blick auf das Spielfeld haben«, sagt Albertus, während wir die Zuschauermenge absuchen. »Sonst könnte er nicht ins Spiel eingreifen.«

Aber Albertus und ich werden nicht fündig. Mehr als die Stadionwächter und ein paar Zuschauer, die zu den Toiletten drängen, finden wir in den Tribüneneingängen nicht.

»Schau doch mal auf das Dach!«, schlägt Albertus vor. Aber auch dort ist Damian nicht zu sehen.

»Wo kann er bloß sein?«, fragt Mia, während sie unermüdlich weitersucht. So viele Möglichkeiten, sich zu verstecken und gleichzeitig eine freie Sicht auf das Spielfeld zu haben, gibt es hier im Stadion nicht.

Ich setze die Telebrille ab und lasse meinen Blick ebenfalls über die 150 000 Zuschauer schweifen. Es ist, als würden wir eine Stecknadel im Heuhaufen suchen.

Doch dann sehe ich es. Mensch!

Warum bin ich nicht früher darauf gekommen? Es ist so offensichtlich. Ich muss blind gewesen sein!

»Da! Die Kommentatorenkabine!«, rufe ich laut und zeige auf die große Glasscheibe an der gegenüberliegenden Seite des Stadions. Dahinter sitzen Dutzende von Fußballkommentatoren, die ihre Berichte alle live in ihre Heimat übertragen. »Dort fällt er überhaupt nicht auf.«

»Wir müssen die Kommissarin anrufen!«, sagt Mia, die bereits die Treppe zum Tribünenausgang hinabgelaufen ist. Ich hole schnell meine Z-Box aus der Tasche und wähle die Nummer.

»Ich bin es. Joshua Bexx«, sage ich, als die Kommissarin rangeht. Ich folge Mia durch die Gänge. »Wir wissen jetzt, wo Damian sich aufhält. Er ist hier im Stadion. In der Kommentatorenkabine. Wir sind gerade auf dem Weg dorthin.«

»Ihr wartet draußen«, sagt die Kommissarin streng. »Auf keinen Fall reingehen, hört ihr mich? Wir sind gleich da.«

Es dauert ewig, bis Mia und ich um das ganze Stadion herumgelaufen sind. Aber irgendwann sehen wir ein Schild, das auf die Kommentatorenkabine hinweist. Vor dem Eingang steht ein Sicherheitsbeamter. Er ist ziemlich groß und sieht nicht gerade freundlich aus.

»Die Kommissarin hat gesagt, wir sollen draußen warten«, sage ich außer Puste.

»Wozu?«, antwortet Mia und läuft entschlossen weiter. »Bis Damian das Spiel entscheidet?«

Typisch Kapitänin!, denke ich und laufe hinterher. Als der Sicherheitsbeamte uns sieht, streckt er uns seine Handflächen entgegen.

»Kein Zutritt für euch«, sagt er. »Hier dürfen nur Fußballkommentatoren rein.«

»Wer ist das?«, fragt Albertus in meinem Ohrstöpsel. »Den kenne ich doch!«

Mit der Hand richte ich die Telebrille unbemerkt auf den Sicherheitsbeamten.

»Ach! Das ist doch der Tito!«, stellt Albertus mit großer Freude fest. »Der hat aber zugelegt! Lass mich doch bitte mit ihm reden, Joshua.«

»Ähm, Entschuldigung ...«, sage ich und halte dem Sicherheitsbeamten meinen Ohrenstöpsel entgegen. »Es ist Albertus Hackentrick. Er möchte gerne mit Ihnen sprechen.«

Der Sicherheitsbeamte schaut mich überrascht an. Er nimmt zögerlich den Stöpsel und drückt ihn ins Ohr.

»Hallo?«

Auf einmal erhellt sich Titos Gesicht. »Mensch! Sie sind es ja wirklich, Herr Hackentrick!«, sagt er erfreut. »Warum sind Sie dieses Jahr nicht dabei? Ich habe Sie schon vermisst!«

Albertus erzählt Tito etwas, aber Mia und ich können ihn nicht mehr hören.

»Ach so ... Nein? Wirklich?«, fragt Tito ernst. Sein freudiges Lächeln verschwindet allmählich. Er schaut uns an. »Das ist ja unglaublich! Kein Problem. Ich helfe Ihnen gerne, Herr Hackentrick. Wissen Sie denn, wie dieser Damian aussieht?«

»Nein, wissen wir nicht«, sage ich, weil ich ahne, wovon ihm Albertus gerade erzählt hat. »Aber er hat eine weiße Tasche dabei. Mit Sensoren.«

Der Sicherheitsbeamte nickt nachdenklich. »Dann wollen wir mal los. Tschüss, Herr Hackentrick. Ich melde mich gleich wieder bei Ihnen.«

Tito öffnet für uns die Tür zum Kommentatorenraum und wir treten ein. Hunderte von Stimmen schallen durch die Luft. Es ist unheimlich laut. Vor der langen Glasscheibe sitzen eine Menge Fußballkommentatoren. Sie tragen alle Sender-Helme und reden aufgeregt vor sich hin, ihre Blicke fest auf das Spielfeld gerichtet. Von draußen ist auch der Jubel der Fans zu hören.

Zusammen mit Tito gehen wir die Reihe durch. Die Sender-Helme sind alle beschriftet, die Fußballkommentatoren kommen aus der ganzen Welt.

Als wir die Mitte der Reihe erreichen, fange ich langsam an zu zweifeln. Vielleicht habe ich mich vertan. Vielleicht ist Damian gar nicht hier. Vielleicht hatte sich Albertus sogar mit seiner Berechnung der Flugbahn geirrt.

Auf den Tribünen kocht die Stimmung hoch. Die Zuschauer toben.

Frantanien greift gerade an. Sie drängen die Gegner in die eigene Hälfte. Sie wollen das erste Tor des Spiels schießen.

Dann entdecke ich sie: die weiße Tasche. Sie liegt unter einem der Schreibtische. Der Mann in der Kabine trägt ebenfalls einen Sender-Helm. Er schaut auf das Spielfeld. Unter dem Schreibtisch kommen zwei Kabel aus der Tasche heraus. Sie sind mit den Händen des Fußballkommentators verbunden. Die Sensoren!

Als draußen die frantanische Mannschaft weiter auf ihr erstes Tor zusteuert, zuckt der Zeigefinger des Mannes. Es sind viele kleine abgehackte Bewegungen – wie beim Turbokick. Er hat den Ball unter Kontrolle.

»Das ist der Mann!«, sage ich leise

zu Tito und zeige auf Damians Rücken.

Der Sicherheitsbeamte nickt. Er geht von hinten auf Damian zu. Mit der Fingerspitze tippt er ihm sanft auf die Schulter.

»Herr Damian?«, sagt er.

Überrascht dreht sich Damian auf seinem Stuhl um. Das dunkle Visier seines Helms klappt hoch. Zum zweiten Mal sehe ich seine blutroten Augen und zucke innerlich zusammen. Ich hatte mich doch nicht geirrt!

»Was ist?«, faucht er den Sicherheitsbeamten an, ohne Mia und mich wahrzunehmen. »Sehen Sie denn nicht? Ich bin bei der Arbeit!«

Tito macht gerade den Mund auf, um etwas zu sagen, als plötzlich die Zuschauermenge in tosenden Jubel ausbricht. Frantanien hat gerade ein Tor geschossen!

»Nein!«, schreit Damian entsetzt und dreht sich schnell zur Glasscheibe um. Als er die feiernde Mannschaft sieht, knallt er seine Hand auf den Schreibtisch. »Verdammt! Warum haben Sie mich abgelenkt, Sie Mistkerl?«

Er schaut Tito wütend an. Erst dann entdeckt er Mia und mich hinter dem kräftigen Sicherheitsbeamten. Er blickt uns panisch an.

»Was macht ihr denn hier?«, zischt er.

Gleichzeitig fliegen die Türen auf und eine Polizeieinheit stürmt den Kommentatorenraum. Die Kommissarin entdeckt uns sofort. Mit der Laserwaffe in der Hand läuft sie auf Damian zu.

»Hände hoch!«, ruft sie. »Sie sind festgenommen!«

Für Damian ist das Spiel jetzt vorbei. Die Fußballweltmeisterschaft ist gerettet!

Ein turbulentes Turbo-Finale

»Josh-i! Benn-y! Josh-i! Benn-y!«, ruft das ganze Z-Team, während Benny und ich gekonnt um den Turbotisch laufen. Es findet das große WM-Finale im Turbokeller statt. Alle sind dabei. Mia, Noah, Talin, Rebekka, Demba, Marvin, Yuri und Florian. Auch unser toller Trainer Reza.

Reza war nicht gerade glücklich, als ich ihm nach dem heutigen WM-Spiel von unseren heimlichen Turbokick-Ausflügen erzählt habe. Zuerst war er sogar richtig sauer. Aber zum Glück kam mir Mia zu Hilfe. »Wenn Benny und Joshua den Turbokeller nicht entdeckt hätten, wären wir nie auf Damians Spur gekommen«, hat sie ihm erklärt – und sie hat recht. »Dann hätten Joshi und ich das WM-Spiel heute nicht retten können. Das haben wir nur Benny und Joshua zu verdanken!«

Reza konnte Mias Argumente nicht entkräften. Die Vorstellung, dass Frantanien heute ungerechterweise gegen Sinosia verloren hätte, reichte Reza, um seinen Unmut gegenüber Benny und mir beiseitezuschieben.

»Aber wehe, ihr bringt nicht ordentlich zu Ende, was ihr hinter meinem Rücken angefangen habt!«, warnte er uns und fügte hinzu: »Und diesmal will ich dabei sein. Das Turbokick-Finale lass ich mir nicht entgehen!«

Sogar der Internatsleiter Isaac ist jetzt mit dabei. Angelo und Jiri haben ihm ebenfalls vom Turbokeller erzählt. Es war auch höchste Zeit. Zuerst war Isaac ebenfalls wütend – das kann ich gut verstehen –, aber nachdem er sich beruhigt hatte, erzählte er Angelo und Jiri eine irre Geschichte: Als er jung war, war Isaac selbst leidenschaftlicher Turbokicker gewesen. Er hatte Tag und Nacht gespielt, ununterbrochen. Als er bemerkte, dass er mehr Zeit mit Turbokick als mit seinen Freunden verbrachte, schmiss er alles hin. Deswegen wollte er nicht, dass die Kinder im Internat Turbokick spielen. Er wollte verhindern, dass sie genauso besessen sein würden, wie er es früher war. Aber letztendlich hat sein Verbot nur dazu geführt, dass Kinder wie Angelo und Jiri heimlich spielten – und das fand Isaac nicht gut. Ab jetzt will er das Verbot aufheben und hat sogar einen nagelneuen Turbotisch bei Hardy bestellt!

Aber jetzt spielen erst einmal Benny und ich. Im Turbokick-Finale. Unsere Gegner sind die fünfzehnjährigen Zwillinge, die im Achtelfinale Angelo und Jiri geschlagen haben: die Karan-Brüder. Igor und Vassily. Sie sehen nach wie vor aus wie zwei riesige Baumstämme. Rings um den Turbotisch herum stehen unsere Freunde aus dem Internat. Auch Hardys Töchter sind dabei. Alle feuern uns an. Es ist wie im WM-Stadion von Damarakus.

Mia hat sogar die Telebrille aufgesetzt und Albertus Hackentrick eingeschaltet. Seine Kommentatorenstimme wird mit Lautsprechern übertragen. »Jetzt ist Benny am Ball. Er passt zum Stürmer, der allein an der Spitze steht. Igor und Vassily jagen dem Ball hinterher, aber Benny lässt sie nicht ran. Oha! Was macht er denn jetzt? Ein interessanter Spielzug: Benny dreht sich um und spielt zurück. Und Joshua schießt! Der Ball saust durch die erste Reihe. Doch die Karan-Brüder blocken ab. Die Zwillinge gehen über die Seite. Igor spielt auf Vassily. Ein steiler Ball. Igor köpft. Joshua blockt. Wieder landet der Ball ganz vorne. Benny schießt direkt – und TOR! Die Jungs reißen begeis-

tert die Arme hoch. Dieses Turbokick-Finale ist wirklich ein absoluter Knaller!«

Das Spiel macht richtig Spaß. Ich habe sogar das Gefühl, dass Benny und ich gleich den Titel holen werden. Turbokick-Weltmeister – das hört sich gut an!

In der Serie »Das Z-Team« von David Fermer bei Thienemann ebenfalls bereits erschienen:

Pepe und sein Team:
Das Z-Team. Band 1:
Anpfiff für das Team

Das Z-Team. Band 2:
Voller Einsatz für Karim

Das Z-Team. Band 3:
Das härteste Match der Welt

Das Z-Team. Band 4:
Sieg auf ganzer Linie

Joshua und sein Team
Das Z-Team. Band 1:
Angriff ist die beste Verteidigung

Fermer, David:
Das Z-Team. Wir holen den Titel
ISBN 978 3 522 18191 4

Reihen- und Einbandgestaltung:
init.büro für gestaltung, Bielefeld
Einband- und Innenillustrationen:
Arne S. Reismüller
Innentypografie: Eva Mokhlis
Schrift: Frutiger Roman, DIN Mittelschrift LT
Satz: KCS GmbH, Buchholz/Hamburg
Reproduktion: Medienfabrik, Stuttgart
Druck und Bindung: Friedrich Pustet, Regensburg

5 4 3 2 1° 10 11 12 13

www.thienemann.de
www.das-z-team.de